원근법 배우는 시간

원근법 배우는 시간

송진권 시집

창비

차
례

제1부

제2부

제3부

제4부

제 1 부

장대 들고 따라와

장대를 든 아이가 담장을 긁으며 걸어가요
또다른 아이도 집을 뒤져 장대를 찾아 들고 따라가요
장대 끝을 둥글게 휘어 거미줄 잔뜩 걸어 붙이고요
까치발 하고 몸을 길게 늘였어요

오늘 하늘은
푸르기만 해서요
구름 한점 없어요
매미 소리만 우렁차게 들려요
우리 할머니가 그러는데요
이렇게 기다란 장대를 높이 들고 가면
장대 끝에 우리를 데려갈 새가 날아와 앉는대요

장대를 높이 든 아이들을
키 작은 아이들이 따라가요
미루나무 길을 따라
마을 밖으로
도랑을 따라 강이 보이는 데까지

가린여울 사시는 유병욱 선생님께

아이들은 학교 갈 때 배 하나씩을 가지고 갔습니다 독새 풀 욱은 논을 갈아엎고 모를 낼 즈음엔 봇도랑물이 학교 가는 길 행상집거리 너른 들을 굼실굼실 적시며 흘렀습니다 우리는 책가방 속에 숨겨놓은 소나무 껍질 배에 이름을 써서 띄우며 학교까지 어느 배가 더 빨리 가나 내기를 했습니다 행상집거리엔 우리 논이며 만근이네 논이며 다른 친구들 논도 다들 엎드려 겨우내 가물었던 몸에 흠뻑 물을 적시곤 했는데요 우리야 배를 쫓아가느라 당최 그런 것들에 경황이 없었습니다마는 민들레 밟아가며 논둑을 걷다보면 찰럼하니 논들은 보기 좋게 물을 가두고 하늘이며 달이산을 거꾸로 담아놓고 있었지요 배가 학교에 닿을 즈음 교문을 지나친 물은 우리들 이름이 적힌 배를 데리고 오백거리 가린여울 쪽으로 흘러가곤 했습니다 그때 우리가 띄워 보낸 배들은 다 어디로 갔을까요 우리 속에서 찰랑대던 그 물결은 말라서 다 어디로 갔을까요

모교 방문

이제는 폐교된 내 모교에 갈 때는
아내랑 같이 아들내미 딸내미 앞세우고
이쁜 도랑물 데리고
도랑물에 어룽대는 물빛이며
강아지풀 토끼풀꽃도 데리고
앵두에 피잉 도는 붉은빛까지 데리고 가야 하지
질경이에게도 따라오라고 하고

세상에서 제일 피곤한 얼굴을 한 사람과
이제는 문 닫은 노미네 밥집에서 밥 한그릇 먹고
너무 일찍 온 사람은
너무 늦게 올 사람을 지탄역에서 기다렸다가
측백나무 울타리 뚫고 플라타너스 그늘을 지나
들기름 먹인 복도를 걸어
드르륵 문을 열고
교실 한쪽에 놓인 풍금을 힐끗 보고
가린여울 사시는 유병욱 선생님께
ㄱㄴㄷ을 다시 배워야 하지

우리가 저기 먼지 앉은 자그마한 걸상에 앉아서
작은 입을 벌리며 처음 노래와 글을 배우던
그토록 작았던
얕은 물에 놀던 어린 물고기 같았던 때처럼
아직 강이란 이름도 못 얻은
작은 도랑이었던 때처럼

소나기 지나간 여름날

길마다 미꾸라지 올챙이 박실박실 기어나왔지
뻐끔뻐끔 입을 벌린 채 튀어나왔지
소나기에 섞여 내려온 피라미 붕어 새끼
길가 웅덩이에서 놀았지
험상궂은 산은 안개를 쓰고
서리서리 열두발 늘인 용을 놀게 했지
해와 달이 한 하늘에서 놀고
명암이 음양이 한자리에서
지지고 볶고 놀았지
사내와 계집이
사람과 짐승이 한 하늘에서 놀았지
애초에 구분된 것도 없고
사람이고 짐승이고 다 한 말을 하고
하늘이고 땅이고 따악 맞붙어서
우물이며 산골짝 도랑마다 용이 오르고
남에서는 주작이 북에서는 현묘가 놀았지
꼭 오늘만 같았지
길바닥 웅덩이마다 물고기가 뛰어오르고
산천초목 다 눈을 번히 뜨고

굼실굼실 승천하는 용을 보았지
무지갯빛 꼬리의 봉황이 날아다니는 걸 보았지

첫걸음마

그러니까 제가 아무것도 아니었던 진달래 꽃술 흔들다 꽃잎 떨구는 바람이나 잠든 물고기 지나치며 비늘이나 문대다 지느러미 흔드는 물결 같은 거였을 적에요 여기 사람은 아닌가본데 처음 듣는 말로 누가 자꾸 밖에서 부릅디다 나야 노상 방 안에서만 뒹굴다 가끔 성질이 나면 패악이나 부리다 시악을 쓰며 울기밖에 더 했던가요 다들 들에 나갔는지 조용한데 마악 잠에서 깬 내가 뭔지 모를 어룽거림이 천장에 얼비치는 걸 보며 발을 들까부를 적에 또 누가 불러요 그 목소리 참 그윽하고 향기로워서 문을 밀치며 밖으로 나왔을 적엔 아무도 없고 목소리의 주인은 아지랑이 속으로 너울너울 가버린 성싶었지요 마침 빨래 함지 이고 들어오던 누나가 얼레 야가 그새 혼자 걸어다닌다니께 하는 소리에 복사꽃 산벚꽃 펑펑 터지는데 빨래터에 방망이질 소리 드높고 집집 굴뚝마다 연기 오르던 날 아닌개벼요

봄비가 오려 할 때

    살구나무 아래 개미굴마다 두둑하니 둑이 높이 쌓이고 살구꽃이 부스럼 난 머리 모냥 볼품없어지기 시작하면 흙내 나는 바람이 물큰 불어 그나마 남은 살구꽃잎을 훑고 꽃이파리들을 어디론가 데려가버리면 먹구름이 거멓게 모여들고 엄마들은 부지런히 밭에서 돌아와 빨랫줄에서 빨래를 걷어 들이며 아이들을 불러들이고 뜰팡에 구르는 신발 젖지 않게 마루에 올려두면 마루 밑에 사는 덕구 비린내가 올라오고 이내 봄비가 내려 봄가뭄이 길더니 그래도 하늘이 다 사람 살게 하시나부다 하며 내일은 일찍 일어나 감자를 놓고 봄붙이 씨갑시도 넣을 궁리에 아침이면 붉게 작약 순이 펴지고 상사화는 부쩍 자라 술을 날리고 보리밭엔 시커멓게 푸르름이 짙어가는 거지

춘분(春分)

하이타이 듬뿍 풀어 이불 빨래 다라이에 담가놓고
버글버글 일어난 거품들 둥둥 떠다니던 날

젖먹이 엄마가 포대기 해 아기 업고
놀러 온 동네 꼬맹이들까지 둥둥 걷어붙이고
맨발로 빨래를 밟으며 온 동네 떠나가라 웃던 날

저는 못 하게 한다고 입이 닷발이나 나온 막내가
바지랑대 함부로 걷어차 빨래에 흙이 잔뜩 묻은 날
더러 마른 기저귀들은 바람에 날아가
달이산 자락에 척척 연 걸리듯 걸려
산벚꽃 펑펑 터지던 날
온 동네 흥성흥성 일어나던 날

펌프 우물도 쿨렁쿨렁 웃음을 흘리던 날
온 산에 버글버글 하이타이 풀어놓아
퍽퍽 치대고 말끔히 헹궈 탈탈 털어 널어놓던 날
밀짚 잘라다 비누 거품 불며 둥둥 날아다니던 날

앞뒷산도 버글버글 거품이 일어
저 어디 다른 데나 가볼까 몸 부풀리며 일어서던 날

칸나꽃 핀 길을[*]

귀를 쫑긋 콧구멍 발씸 다각다각 발굽 푸르르르 콧물 튀기며 당나귀 당나귀떼가 왔어요 내 키보다 커다란 칸나꽃 핀 길을 걸어가다가 칸나 푸른 이파리를 보고 있는데 쫑긋 쫑긋 푸른 귀 당나귀가 일어났어요 조그만 발굽 열을 맞추어 큰북 작은북 등에 지고 머리에 붉은 깃까지 꽂은 채 당나귀떼가 걸어왔어요 푸른 귀를 쫑긋대며 당나귀 당나귀떼가 축제에 싸인 것같이 먼지 날리는 벌판에 푸른 당나귀떼가 꼬리며 다리마다 작은 방울을 매단 채 어린 무희들을 태우고 당나귀 당나귀떼가 왔어요 기우뚱 기울어진 비포장길에 낮달이 으깨져 있는데 조그만 바지까지 입은 당나귀떼가 푸르릉 콧김을 뿜으며 왔어요 나는 어디로 가는지도 모르겠는데 쫑긋쫑긋 푸른 귀 수천의 귀들이 나를 따르는 칸나꽃 핀 길이 나를 자꾸만 어디로 데려가고 있는데요

* 프랑시스 잠 「당나귀와 함께 천국에 가기 위한 기도」.

너무 많은 어머니들

툇마루에 앉은 네명의 여인 중 한분은 나를 낳은 어머니이고 다른 세분은 어머니의 쌍둥이 자매이다 네분 다 머리를 틀어 올리고 비녀를 질렀다 얼굴이 모두 같고 화장이며 옷차림까지 똑같이 해놓아서 한분 한분 자세히 보아도 누가 누군지 쉽게 구별이 되질 않는다 어머니들은 뭐가 그리 좋은지 귓속말로 뭐라고 소곤거리다가 웃음을 터트리고 쿡쿡 찌르며 장난을 친다 나는 어머니를 찾아 이 그윽하고 유현한 세상으로 왔지만 너무 많은 어머니들의 어지러움 속에서 나의 어머니를 찾으려 해도 어머니는 자꾸 어머니들 속에 숨어서 웃기만 할 뿐이다 나를 인도해온 사자도 너의 어머니를 찾아보라며 기이한 미소를 짓지만 나는 도대체 이 많은 어머니들이 혼란스럽기만 하다 툇마루에 앉은 어머니들은 서로 부채질을 하고 바느질도 하며 웃지만 어머니는 자꾸 어머니들 속으로 숨고 나를 못 본 척 외면하며 딴청만 피울 뿐인데 툇마루 아래 댓돌에 신발은 세켤레 그중 하나 웃지만 소리가 없고 눈에 그득 눈물이 맺힌 신발이 놓여 있지 않은 여인에게 나는 세상에서 지니고 온 노래를 풀어놓는다

원근법 배우는 시간

　삐삐 마른 여자가 바닥에 화구를 펼쳐놓고 앉아 있는 집
입니다
　모르는 돌과 꽃에서 뽑아낸 안료를 색색으로 펼쳐놓고
　여자는 처음 보는 새 한마리를 그려냅니다
　한마리 한마리가 포개지고 겹쳐집니다
　정신을 차릴 수 없을 만큼 많은 새떼입니다
　몇마리나 되겠느냐고 여자는 묻습니다
　대답을 못 합니다
　덧칠한 그림 위에 또 덧칠된 새들을 누가 헤아릴 수 있을
까요
　그럴 줄 알았다는 듯 여자는 천천히 화구를 겁습니다

　문을 닫고 밖으로 나옵니다
　방 안은 깃 치는 소리 지저귀는 소리로 시끄럽습니다
　마당을 지나 대문을 나옵니다
　구름들 지붕들이 쏜살같이 그 집으로 빨려 들어갑니다
　대문이 닫히는 소리
　새들이 퍼덕이며 날아오르는 소리를
　들은 것도 같습니다

왜 그런 생각이 드는지 모릅니다

왜 그 새떼가 지금도 내 주변을 맴돈다고 생각하는지 모릅니다

언젠가 내가 피로 뭉쳐지던 때

형체도 갖지 못했던 붉은 덩어리일 때의 기억이 아직

지워지지 않은 것인지도 모릅니다

검은목벌앞잡이새의 노래

벌꿀오소리야
벌꿀오소리야
나를 따라와라
나를 따라오면 예쁜 꽃이 피어 있고
나를 따라오면 맛있는 벌꿀이 있는 곳을 알려주마
해묵은 고목이나 험한 바위 속
켜켜이 달콤한 꿀을 쟁인 꿀벌들이 살고 있단다
내 이름은 검은목벌앞잡이새
젖과 꿀이 흐르는 곳을 알고 있지
아흔아홉가지의 길을 영리한 나는 알고 있지
나 혼자만 알고 있는 비밀이지만
너에겐 한가지만 알려줄게

벌꿀오소리야
벌꿀오소리야
내 이름은 검은목벌앞잡이새
수많은 벌들의 나라로 가는 길을 알고 있지
여기로 가면 호박벌의 나라
저쪽은 호리병말벌의 집

말벌과 땅삐를 조심해야 해
나나니벌들은 네 몸에 산란관을 꽂고 알을 낳지
네 몸을 뚫고 애벌레들이 구물구물 기어나올 거야
나나니벌들을 조심해
발을 헛디디지 않도록 조심해
무간지옥 낭하로 떨어지지 않게 조심해

벌꿀오소리야
벌꿀오소리야
그렇다고 혼자 다 먹지는 마
내 몫으론 네가 먹다 남긴
약간의 꿀과 밀랍 애벌레면 족하지
네가 혼자 다 먹어치운다면
다음번엔 너를
사자에게 안내할 거야
악어에게 인도할 거야
표범에게 데리고 갈 거야

풍뎅이놀이

얼마를 잤는지 모릅니다
창문을 지나온 햇빛이 어두운 방에 환하게 길을 냅니다
다들 어디로 갔는지 없고
윗목에는 보자기 덮어놓은 밥상이 놓여 있습니다
아직 온기가 가시지 않은 밥상
목구멍까지 차오른 허기가 꾸역꾸역 밥을 먹습니다
마당귀 분꽃이 벌고 널어놓은 풀냄새가 그득합니다

탁탁탁탁
풍뎅이가 날아와 처마 백열등을 때립니다
전등갓에 부딪쳐 떨어집니다
채 집어넣지 못한 날개가 삐죽합니다
다리를 떼어내고 목을 배배 꼬아
마당에 내려놓습니다

아랫마당 쓸어라
윗마당 쓸어라

빙글빙글 맴을 돌며 풍뎅이가 마당을 쓸니다

햇빛이 저만치 물러나고
점점 별들이 돋아납니다
풍뎅이가 둥글게 둥글게 마당을 쓸어나가다 하늘에서 맴
을 돕니다

아랫마당 쓸어라
윗마당 쓸어라

별들이 둥글게 모퉁이로 쓸려나갑니다
아직은 그렇게 어두워지지 않았습니다

누가 울어

안개 자욱한 냇가에서
두 다리 물에 담그고
수심 깊은 얼굴로 어머니들은 빨래를 했네
한 뭉텅이 피 칠갑 된 빨래를

팡팡 방망이질도 해가면서 치대고 헹궈
옷깃의 피 묻은 깃털도 떼어 물에 띄워 보내고
주머니 속 글자 번진 서찰도 꺼내 숨기고
어머니들은 물가에 앉아서 빨래를 했네
물속의 자잘한 새끼 물고기떼 쫓아버리고
이쁜 개울물 소리도 흩어버리고
얼룩 한점 없이 뽀얗게 꼭 짜서
탈탈 털어 냇가 버드나무에 걸어두었네

처처에 목이 긴 새의 구슬픈 울음소리 들렸네

제 2 부

다시 그 저녁에 대하여

뭐라 말해야 하나
그 집 지붕 아래 수수깡 드러난 처마에 대하여
서까래를 밟으며 지나간 검댕 묻은 전깃줄을
꼬옥 쥐고 있던 애자에 대하여
처마마다 한발이나 되게 매달리던 고드름들에 대하여
댕그랑댕그랑 톰방톰방 뚝뚝 똑똑
오도독 오독 함께 살던 소리들에 대하여
그 집에 살던 사람들의 사진이 걸린 파리똥 앉은 사진틀
에 대하여
저녁거리 시래기를 내리던 마른 손에 대하여
서까래에 매달려 있던 씨갑시 봉지들에 대하여
제비똥 떨어지지 말라고
제비집 아래 달아둔 송판에 대하여
처마 밑에 매달린 둘둘 말린 멍석이며
양말 주머니 매단 기다란 감전지에 대하여
고드름 떨어지는 소리에 놀란 개가
컹컹 짖던 것에 대하여
어떻게 다 말해야 하나
그득 불을 문 아궁이에 대하여

처음 내게 불 피우는 걸 알려주던 이에 대하여

재를 헤집으면 나오던 감자알이며

아궁이 속에 살던 강아지들에 대하여

어떻게 다 말해야 하나

숯검댕 묻은 굴뚝새에 대하여

시래기 삶는 내며

쇠죽 끓이는 냄새를 맡고

빼꼼히 들여다보던 송아지 콧구멍에서 나오던 허연 김에 대하여

대하여

못골 살 때

물봉숭아 찔어붙은 골짜기
두꺼비 어정시러이 기어가는 저녁
돌 틈서리 바위굴마다엔 가재가 살고
가재굴 앞 돌멩이 밑엔 꾸구리가 살고
쇠똥 같은 초가지붕 아래 우리들이 살았습니다
가지나물에 마늘쫑다리
고추장 풀어 지진 감자 먹고
우리들이 살았습니다
드문드문 뉘 섞이듯
타성바지들과 섞여 은진 송가들이 살았습니다
호박잎 물들어 파란 밥 먹고 살았습니다
찬물구덩이 물 길어다 먹고
도롱골 오박골 큰골 작은골
구름 위 쇠물재 가릅재로 밭매러 다니며
우리들이 살았습니다
가위로 싹둑싹둑 오려놓은
할아버지 발톱 할머니 손톱
밥풀 으깨 하늘에다 붙이고
도랑물 소리 마당 가득 쟁여놓고

우리들이 살았습니다

가죽나무에서 가죽나무로

　못골은 여울물이 대낮에도 여우 우는 소릴 내고 밤마다 무엇이 내려와서 집짐승을 물어 가던 곳 우리 할아버지 처음 못골 들어가 터 잡고 마당 다지고 산에 가 나무 베어다 기둥 세우고 이엉 엮어 지붕 올리고 집 뒤안에 가죽나무 심었다 돌담 무너지지 말고 돌멩이 굴러내려도 방편 되고 순애기는 따서 말렸다가 두고두고 묵나물 해 먹을 거라고

　우리 어머니 나를 가졌을 때 어찌나 육고기가 먹고 싶던가 꼭 누가 손에 들고 안 주는 거 같아서 꼬챙이같이 마르고 눈은 활가마구같이 십리는 기어들어가서 거미 같을 때 경주 이씨 우리 할머니 가죽나무 가지 뚝뚝 분질러다가 국 끓이는 아궁이에 넣었다 못 먹으니 고기 냄새라도 맡으라고 우리 할아버지 그걸 보고는 씻나락을 팔아다가 장에 가서 고기 한근 끊어다 주시고

　못골서 갯골로 살림 나 아부지 처음 장만한 이찌네 집엔 뒤안으로 비잉 돌아가며 가죽나무가 섰고 샘가에도 껍질 터진 해묵은 가죽나무가 그늘을 드리우고 지붕을 덮어 가을이면 뒤안에 수북하게 가죽나무 이파리가 쏟아졌다 가죽나무

수액은 진득하니 붉어서 서로 엉겨 붙으며 이상하게 아름다운 모양을 지었는데 나는 그걸 따다가 책꽂이 위에 올려놓거나 서랍에 넣어두었고

　죽어도 농사는 안 짓겠다고 임대 아파트에서 임대 아파트로 소쩍새처럼 옮겨 다니며 살다가 솔미집으로 이사 온 다음 해 가죽나무가 저절로 돋아나더니 담을 넘을 만큼 키가 커져서 새순을 꺾어다 장떡 부치고 나물을 해 먹었다 이상하게 가죽나무 수액 같은 끈적끈적한 것이 자꾸만 따라다녀 가죽나무에서 가죽나무 그늘로만 옮겨 다닌 가계다

무른 살들

올뱅이를 잡아다 해감시키려고
샘가 이남박에 담가두었습니다
허리도 아프고 물멀미도 나서
드러누웠다가 일어나니
올뱅이들이 검게 떼를 이루어
문살이며 창문이며 이남박 가생이에도 새카맣게 들러붙
습니다

이남박에 든 달을 올뱅이들이 파먹습니다
수국꽃 그림자 물에 얼비치는 때
기어나온 올뱅이도 주워 넣고 박박 대낍니다
바깥 개구리 소리 지우며
올뱅이 대끼는 소리가 울을 밀어 넘어뜨리기도 합니다
게워내고 부셔내니 이젠 말갛게 가라앉기도 합니다

올뱅이를 소쿠리에 받쳐두고 된장 풀어 국물을 끓입니다
죽을 날 받아놓고
다른 건 속에서 안 받아서 못 먹고
올뱅잇국으로만 연명하는 당신이

천천히 일어나 올뱅이처럼 혀를 빼뭅니다
커다랗고 주름 많은 올뱅이가 헤치고 간 길이
얼굴에 깊이 파였습니다

혀 빼문 올뱅이끼리 서로 핥으며 올라타거나
소쿠리 위로 기어오를 때
설설 끓는 국물에 차르르 올뱅이를 쏟아붓습니다
올뱅이 껍질 모인 데 다른 껍질 던져 넣는 소리
오래오래 귀 기울이며 당신의 입안에
그 무르고 쌉쌀한 살을 넣어줍니다

나의 월인천강지곡

내가 길 잘 든 순한 짐승 같은 봇도랑물 데리고
거뭉가니 들판을 가면
물 가둔 논마다 월인천강 월인천강
달이 들어앉아서 몸을 부풀리며 숨을 몰아쉬기도 하다
뽀드득 낯을 씻어대는 거뭉가니 들판을 가면

내가 쫑알쫑알 지껄이는 딸내미 같은 봇도랑물 데리고
논둑에 선 조팝꽃이며 자잘한 꽃다지 냉이며 개불알꽃
하다못해 벌금다지며 머위까지
목숨 있는 것이라곤
모두 북 치고 소고 들고 상모 돌리며 꽃 피운
거뭉가니 들판을 가면

내가 물살 물굽이 물비늘 소용돌이까지 다 거느리고
참개구리며 물방개며 밀뱀 장구애비까지 거느린 봇도랑
물 데리고
거뭉가니 들판을 가면
매어놓은 염소도 몽롱한 눈으로 나를 돌아보며
니가 저 아래 동실집 쫑마리 아녀? 물어보기도 하는

거뭉가니 들판을 가면

풍덩, 무엇이 물로 뛰어드는 소리에 돌아본
물 댄 논마다 하나하나 들어찬 달 위에 올라앉은
개구리들이 노래를 부르는
물꼬를 타놓아 철철철철 넘실대는 월인천강을 가면

두부

　오박골 도롱골 큰골 작은골 골짝서 불던 바람이며 오백거리 강변에서 새떼나 날리던 바람이 모두 우리 정지로 들어와서 함석지붕을 떠메고 갈 듯 흔들어대는 날이면 두부를 해 먹었습니다 아부지는 아궁이에 단으로 밀어 넣은 깻대 위에 참나무 장작을 공구며 가마솥에 설설 물을 끓이고 엄마는 바가지로 콩물을 퍼 붓습니다 뭉게뭉게 솥을 타고 오르는 허연 김은 기둥을 이뤄 함석지붕을 들이받다가 자욱하니 내려앉고 매캐한 허연 연기는 헛간이며 뒤주며 쥐구멍 난 방 안으로 기어들다 뿔뿔이 달아나 마당에 주저앉습니다 뭐가 궁금한지 놓아먹이는 닭들과 개들이 문을 얼씬거리고 외양간으로 기어들다 어미에게 쫓겨난 송아지를 어루만지면 엄마 아부지는 광목 자루에 퍼 담은 콩물을 양쪽에서 홍두깨로 누릅니다 빨랫줄에 걸린 족제비 가죽이며 토끼 가죽 위로 눈발이 치고 함박눈이 날비지같이 소담하게 굵어지는데 콩물이 설설 끓어오르면 엄마는 간수를 깨서 바가지에 담아 녹여 붓고는 커다란 주걱으로 휘휘 젓습니다 자두꽃처럼 몽글몽글 뭉쳐지는 두부를 퍼 담을 때 나는 씁쓸한 숨두부는 싫고 간수 빠진 고소한 두부나 먹었으면 싶습니다 다듬잇돌을 얹고 물 담은 함지박을 얹어 두부를 누르면 그 차

가운 바람들은 여기 우리 정지 아궁이 속에서 몸이나 데우
다 하나로 엉기고 뭉쳐져서 뜨시고 허옇고 고소한 것이 됩
니다

음덕

나야 아부지 덕 보고 살지
혼자 사는 늙은이들 불쌍하다고
우리 소 몰고 가서
논 갈아주고 밭 갈아주고
저녁밥 한끼 얻어먹고
막걸리 한잔 먹으면 그만이던 분
동네 사람들 다 손가락질하며
사람이 미련하니께 저렇게 기운만 시어서
품삯두 제대루 못 받구 남의 일만 하구 돌아다닌다고 해두
그냥 웃기만 하던 아부지
제 일도 제대루 못 추면서
남의 일만 직사하게 하러 댕긴다고 엄마가 웬수를 대두
아, 그이덜은 혼자배끼 없는디 워뜨캬
나래두 가서 해야지
오죽하면 서울 사는 윤생이가 부모님 모셔 간댔어두
그 부모라는 분들이 안 가구
우린 여기서 용재(우리 아부지)랑 살란다고 해서
들락날락 그 집 일 다 봐주던 아부지
그이들 돌아가셨을 때두 궂은일 다 해주던 양반

그이들 땅 부치다가 아부지한테 말도 안 하고 윤셍이가 땅을 팔아버려서

  거름 내놓은 게 다 헛일이 되었어두 말 한마디 안 하던 아부지

  그 덕 보구 살지

  우리 수양고모나 다른 이들 모두 나만 보면

  느 아부지 심덕을 봐서래두 잘 살겨

  늘 말씀하셨지만

  나야 그 덕으로 여적 잘 사는 거 같지

후덩이네 밭 일구기

셈도 어둡고 글도 어둡고 세상에도 어둡고 밝은 것보다 어두운 것 천지라 세상물정 모르는 인사가 전답 팔아 올라가더니 식당이라고 하나 냈어도 글을 모르니 당최 외상 장부 적을 줄이나 알아야지 남 좋은 일이나 잔뜩 시키다가 톡톡 털어 빚잔치하고 다시 못골로 내려와 남의 땅 문중 땅 가릴 것 없이 얻어 부쳐 나물이나 뜯어다 팔아 제우 먹고살았지 도지 얻어 부쳐도 입에 풀칠이나 하니 살 수가 있나 그저 밥숟갈 놓으면 맨날 밭고랑에 까마귀같이 엎드렸지 도회지에서 돈도 못 벌고 병만 얻어 와 밤눈이 어두워져 아무 데나 툭툭 부딪치고 넘어진다더니 이젠 아예 낮에도 안 보여 눈까지 멀었으니 어떻게 사나 도지 떨어지고 남은 게 팔밭 다랭이뿐이라 어찌 사나 했더니 어릴 때는 어머이 손잡고 댕기구 아부지 지겟고리 잡구 댕긴 데라 안 보여도 다 부처님 손바닥 안이라 잘 돌아댕긴다고 물소리 듣고도 가고 바우나 낭구를 만지면서도 맨날 가서 엎드렸으니 앞 못 보는 사람이 부친 밭이 성한 사람이 일구는 밭보다 깨끗해서 밥알이 떨어졌어도 주워 먹게 일궈놓았다고

장인어른의 필체

읍사무소 호적계 서기였던 내 장인어른은 낚시를 좋아해서 낚시 갈 때 오토바이 한대에 앞엔 손위처남을 앉히고 뒤엔 나중에 내 아내가 될 막내딸을 앉히고 마지막엔 한 손에 김치 통이며 양념 넣은 바구니를 든 돌아가신 장모님을 앉히고 솥단지까지 그 뒤에다 걸고 가셨드랍니다 오토바이 한대에 네 식구가 타고 양은 솥단지며 물통에 낚싯대까지 싣고 수양벚나무 늘어진 구읍 지나 국원리 지나 소정리도 지나서 한참이나 먼 안남 강변에 오토바이 세우고 이고 지고 업고 내려 어죽 끓여 먹고 소풍을 댕겨오셨드라는데요 장모님 나 결혼도 하기 전에 먼저 보내시고 이제 치매가 와서 자꾸만 잊어버리시는 장인어른은 호적계 서기답게 아직도 필체는 좋으셔서 아내랑 같이 병원 모시고 갔을 때 일필휘지 써 내리던 이름 석자는 팔십 넘은 노인이 쓴 글씨라고 하기엔 아직도 서늘한 기운이 서렸지요만 나 살던 이원 면사무소 서기로 계실 때 내 이름 호적에 올리러 우리 아버지 가셨을 적 아직 젊었을 장인어른이 꾹꾹 힘주어가며 눌러쓰셨을 거라고 생각해보면 아주 징그럽기도 하지요

45

푹한 날

푹하다는 말 속엔 댕그랑 댕강 처마 고드름 녹아 떨어지는 소리도 들리고 큰일 치르는데 날이 안 추우니 한 부조 하신다는 소리도 들리고 살아서 남 해로운 일 안 했으니 날도 이렇게 푹하다는 소리도 들리고 어여 장례식장에 전화하고 상포계원들 나오라고 방송하라는 소리도 들리고 혼자 살았어두 저 일 치를 때 쓰라구 통장에 오백만원이나 들었더랴 하는 소리도 들리고 수의도 벌써 다 지어놨드라네 그러게 살아서두 그러더니 죽어서두 남한테 폐 안 끼칠라구 나무도 다 해서 쟁여놓고 키우던 개도 남 주구 그려 가가 그런 아여 남 아순 소리 들으면 어떻게든 더 못 해줘서 안달하던 아여 베풀기만 했지 손 한번 내밀어본 적 없다니께, 푹하다는 말 속엔 멀리서 온 동생이 곡하면서 들어오는 소리도 들리고 언니야 사는 거 바쁘다구 우리 언니 이렇게 죽는 줄두 몰랐네 아이고 내가 쥑일 년이여 쥑일 년 하는 소리도 들리고 상여 나가는 고샅마다 눈물 찍는 친구들 곡소리도 들리고 그려 먼저 가 있거라 내 곧 따라갈 텡게 하는 소리도 들리고 날이 좋으니 산 사람은 일하기 좋고 죽은 사람도 묻히기 좋다는 소리도 들리고

은폐

보리 이삭 누렇게 쇠는 보리누름 때
간신히 거동하는 늙은이가 무릎걸음으로
밭고랑을 기어 넘다 뫼뜨락에 퍼질러 앉아
한포기 두포기 꽃 핀 망촛대 뽑는다
망할 놈의 풀 웬수를 언제나 갚나

농사꾼 뫼에는 풀이 많이 난다고
살아서는 니가 우릴 못살게 굴었으니
이제는 우리가 너를 못살게 굴겠다고
점점 검버섯 먹어 들어오는 얼굴이
보리밭 가생이 뫼뜨락을 기다시피 하며
저승사자에게서도 숨고
몹쓸 병에서도 숨은 아흔서이가

아이고 인제 고만 이 냥반 따라가야지
가야지 하면서도 가지도 않고
저렇게나 봉분 뒤에 잘 숨어서
쑥대 우거진 구렁에 늙은 호박같이 잘 숨어서
개선장군같이 봉분을 타고 앉아설랑은

올뱅이 잡으러 가듯

성새미네 할머니 돌아가시고
끼니때마다 된밥 한그릇씩 꼬약꼬약 고봉으로 드셨다는데
사흘 만에 우리 할머니도 돌아가셨다
동네 뭣 좀 아는 사람들 말로는
우리 할머니랑 동무해서 저승길 하냥 가자고
성새미네 할머니가 데려가셨다는데

어이 거기 수리실 언니 아녀
그랴그랴 돌목댁아
밤참으로 고구마나 좀 싸서
가린여울에 올뱅이나 잡으러 가듯
두분이 가셨을 거라 생각해보았다
가다가 다리 아프면
삼정골 정자나무 아래서 좀 쉬었다가
손주 데리고 나온 한말댁 나물 다듬는 거 참견이나 하시
다가
아이고 정신머리야 싸기싸기 가봐야지
올뱅이 잡으러 간다고 나와서 시간 가는 줄 몰랐네 하듯이

언니 난 이만큼배끼 못 잡았네
그랴 내가 많이 잡으면 너 덜어주고
니가 많이 잡으면 나 좀 덜어주고
올뱅이 잘그락대는 바구니를 이고
이마로 흐르는 물을 닦아내며
잘그락잘그락 올뱅이끼리 부딪는 소릴 내며
두분이 함께 가셨을 거라고 생각해보았다

가릅재

살아서 오박골 도롱골 큰골 작은골 골짝마다 엎드려
팥밭 다랭이 일궈 먹고 살던 사람들은
죽으면 이 가릅재 아래에 와 묻힌다
먹고살 게 없어 도회지로 나가 제 한 몸 거름 되어
새끼들 밑으로 밀어 넣은 사람들도
죽으면 모두 여기 와 묻힌다

영일 정씨 밀양 박씨 창녕 조씨 은진 송씨 상석만 남기고
한몫 단단히 잡았거나 날품팔이로 연명하던 이들도
모두 이 골짝으로 들어와 묻혀서는
어릴 적 엄마 따라 밭매러 가는 아이들처럼 시시덕대며
호미로 귀퉁이 깨진 달이나 파서 허공에 던져놓고는
아무렇지도 않은 척 누워 있는 것이다

그러다가 후손도 끊어지고 찾는 사람도 없어져서
봉분 한가운데 소나무가 나고 아까시나무까지 우거지면
멧돼지도 와서 파헤치고 봉분은 허물어져
산소가 있던 자리인지도 모르게 되는데
그러면 사람들은 그 사람이 왔다 간 것도 잊고 지내다

가릅재 하늘 위에 빼곡한 별들을 보며

별 몇개 더 보태졌구나 생각하고 마는 것이다

노루

노루궁뎅이버섯 노루목 노루귀꽃 노루오줌풀 노루발 노루잠 노루걸음……
노루가 들어간 말이 왜 이렇게 많은 거지요

하 ―
눈이 푸지게도 많이 온 겨울이 있었단다
칠칠이 아저씨 있지
그이처럼 혼자 산속에 살던 사람이 있었단다
사람 사는 집까지 내려온 노루가 있더란다
눈에 갇혀 옴짝달싹도 못 하더란다
겁 많은 짐승도 죽음이 목전이니 뿔을 세우고 덤벼들더란다
뿔을 움켜쥐고 노루를 안아다가 방에 들이고
고구마나 움 속 배추를 꺼내다가 먹으며 함께 겨울을 났더란다
아들 삼아 딸 삼아 친구처럼 지냈는데
그래도 산짐승이 사람하고는 살 수 없는 법이라
안 떨어지려고 하는 놈을
돌멩이를 던지며 쫓아 보냈단다

무서운 게 정이라

정 떼려고 무서운 얼굴로 회초리를 들고

훠이 훠어어이

다신 오지 말라고 훠어어이

철쭉이 벌겋게 피는 날이더란다

이쪽을 한번 보고 길게 울고 가더란다

그때부터였단다

노루가 들어간 말이 우리와 함께 살게 된 것이

오박골 골짝 물의 말씀

　가릅재 날망에서 오리나무며 낙엽송 붉나무 노간주나무 잔대며 칡넝쿨 으름덩굴 뿌렝이 쓰다듬으며 흘러내린 나는 여기 미나리꽝에서 미나리나 키우다가 굴 밖에 나와 웅크린 알 슨 가재의 꼬랭이나 쓰다듬다가 돌 위로 기어오른 우렁이의 이끼도 닦아내다가 삼복 중 개똥불이 흩으며 목욕 나온 느 어머이와 느 큰어머이의 부른 배도 쓰다듬으며 그 배 속에 든 너와 네 사촌도 어루만졌느니라 쏟아지는 달빛을 한 바소쿠리 짊어지고 흘러가다가 알 낳으러 모새방으로 올라오는 자라의 기척에도 조각조각 쓸려나가서 못골 저수지 말풀꽃에 앉은 검물잠자리 날개 아래에도 그득하니 고였다가 팽팽하게 울음주머니 부푼 참개구리의 등을 타고 흘러 갯골을 지나고 행상집거리 삼정골 밤숯골의 논과 밭을 지나 오백거리 어름에서 이름난 강을 만나 나 생겨난 데를 다 담으며 가린여울 구룡촌 곰나루 구드래나루로 굼실굼실 흘렀느니라 그래 이제 물을 거슬러 온 초로의 사내가 그때 그 복중의 아이인지 처음에는 몰랐으나 물봉숭아 비친 웅덩이에 쪼그려 앉아서 가재나 잡겠다고 돌멩이 뒤집을 때 물까마귀 같았을 적 얼굴이 아직은 남아서 그때 그 복중의 아이인 줄 알아보겠더구나

제 3 부

산수유 다섯그루

본래 심천역엔 산수유 다섯그루가 있었는데
해묵은 산수유 다섯그루가 있었는데
두그루는 죽어서 베어버리고 세그루밖에 안 남았다

세그루밖에 안 남은 산수유가
다섯그루였던 때처럼 꽃을 피웠다
남은 세그루만으로도 다섯그루 몫을 했다

말라붙은 산수유 열매를 따 먹으러 온 물까치들이
노랑을 묻혀 떼 지어 날아가고
없는 산수유는 없는 채로 그루터기만 남고
남은 세그루로 세상 노랑이란 노랑은 다 묻혀 들이고 있다

심천

흐르기도 하고
흥건히 고이기도 하고

안 떠나기도 하고
못 떠나기도 하고

차마 못 오기도 하고
지긋지긋해서 안 오기도 하고

더러는 머윗잎으로 앉았고
더러는 해바라기로 껑충하니 서서

달이산으로 비껴 내리는
수박 속 같은 노을이나 바라보는 곳

장날 1

　　―야가 시방 뭐라는겨?
　　―성님, 아무리 그래두 한동네 시집 와가지구 몇십년인디
서루 안 보구 살 사이두 아니구 저두 잘못했다구 하니
　　―니가 아무리 그래두 내가 왜 가
도척이 거튼 예펜네
내가 즈이 집 일해줬지 남의 집 일 햐
사람 일을 그리 지독시리 시켜놓구
뭐 내가 즈이 마늘을 한접 들구 갔다구
애먼 사람을 도둑년이라구 누명을 씌구
그 예펜네 감자를 그렇게 캤어두 하나 맛보라구 안 싸주
더라
　　―그러니께 저두 미안하다구 하는 거 아녀요
성님, 장 본다는 핑계루 지가 막걸리두 한잔 받는다는디
싸기 갑시다
버스 시간 다 돼간다니께
벌써 오백거리 돌아왔겄네
장날인디 가서 막걸리두 한잔하구
미장원 가서 빠마두 하구 옵시다
　　―야가 자꾸 왜 이랴 응

가마있어봐 글쎄, 옷이래두 입구 가야지
속치마 바람으로 장에 가봐라
미친년이라구 하지 성한 년이라구 하겠냐

장날 2

추석 밑, 대목장이다. 또렷하게 생긴 것, 못생긴 것, 안 생긴 것, 생겨먹다 만 것, 빌어먹을 것, 빌어먹다 쬐금 남겨둘 것, 오다 만난 것, 가다 만난 것, 오다가다 만난 것, 팔러 온 것, 사러 온 것, 사 갔다 되무르러 온 것, 혼자 온 것, 같이 온 것, 남 간다고 따라온 것, 어쩌다보니 와 있는 것, 큰 것, 작은 것, 즉은 것, 쬐끄마한 것, 눈곱만 한 것, 여문 것, 설익은 것, 너무 익어서 되바라진 것, 다리 한짝 없는 것, 팔 한쪽 없는 것, 눈 하나 빠져나간 것, 뛰는 것, 걷는 것, 나는 것, 날아가다 잡혀 온 것, 얼어 죽은 것, 말라 죽은 것, 삶겨 죽은 것, 죽을 날 받아둔 것, 죽은 지 얼마 안 된 것, 죽은 지 한참 된 것, 죽은 줄도 모르고 따라온 것, 아침에 밭에서 따 온 것 모두 다 나와 흥성대는 장날이다.

미복이용원

미복이용원의 할아버지 이발사는 팔십이 넘고
거동이 불편해서 겨우겨우 걸음을 뗀다
이발의 미닫이문을 밀고 들어가
안채에 머리 깎으러 왔다고 소리를 지르면
한참 만에 문 열리는 소리가 들리고
가래 돋워 뱉는 소리가 나며 삐이걱 문을 열고 가게로 나
오는데
귀가 먹어 묻는 말도 제대로 못 알아듣고
진지 잡수셨냐고 물으면 마누라가 아들네 집에 갔다는 둥
엊그제 멧돼지가 동네에 내려와서 난리가 났었다는 둥
엉뚱한 소리나 퉁퉁 한다
덜덜 떠는 손으로 면도칼을 혁대에 갈아 내 목을 누를 때면
바짝 긴장해서 침을 꼴깍 삼키며 움츠러드는데 어떻게나
느린지
성질 급한 나는 식은땀이 흐르고 황천길 몇번이나 다녀온
듯 속이 탄다
흰 보자기를 벗기고 손수 연탄난로의 들통에 든 따순 물과
찬 수돗물을 섞어 머리까지 감겨주시는 것이 황송하기도
한데

아직 손아귀 힘이 어찌나 센지 내 머리 벅벅 긁어가며

거품을 내고 구석구석 씻겨주실 적엔 시원하기도 하다

드라이까지 싸악 끝내고 손때 묻은 이발 가위로 새떼 지
저귀는 소리를 내며

머리를 다듬다가 젊은 날 주워다 모아놓은 진열장 수석들
의 내력과

먼지 앉은 고목나무 뿌리의 이야기까지 들려주실 때면

저절로 고개가 숙어들기도 하는데

이발과 조발 염색 면도 가격이 빛바랜 틀에 사업자등록증
과 나란히 있는 걸 보며

사업자등록증의 스무살 청년이 팔십이 넘을 때까지의 내
력을 들으며

미복이용원 가운데 자릴 잡은 연탄난로와 들통과

진열장에 얌전히 놓인 수석이며

정년 퇴임이며 수연 회갑 결혼이 박힌

수건들이 예사로이 보이지 않는 것인데

만원짜리를 꺼내놓으면 지금도 공손히 구십도 인사를 하
며 두 손으로 받으신다

늙은 이발사의 안녕히 가시라는 인사를 받으며

미닫이문 옆에 고개 숙인 해바라기의 인사도 함께 받으며 한참이나 젊어져서 삼색등 도는 이발소 문을 열고 세상으로 나오는 것이다

지프니에서

사람은 죽어서 난 자리가 많은데
제비는 식구 늘려서 돌아온다
사람 난 빈집은 용케 알아보고
제비도 둥지를 짓지 않고
죽을 날 받아놓은 집엔 명매기만 날아든다
길이 새로 나면서
젊은이들은 다 나가고 무녀리들만 남은 곳
또출네 처마엔 서너개나 둥지를 틀고
영신당 처마에도 둥지가 빼곡하다
읍사무소며 우체국 소방서에도 제비는 오지만
둥지를 틀지 않고 짓다 만 빌라에도 깃들이지 않는다
침과 진흙을 이겨 발랐어도
제비집은 단단해서 새끼들을 키우지만
사람 난 빈집은 콘크리트로 지었어도 쉽게 허물어져
솥단지가 바닥에 구르고 마당에 풀이 산이다
죽은 사람은 귀신이 되고
산 사람도 귀신이 다 되었으니
귀신들만 웅크린 지프니
명매기가 처마에 자꾸 봉분을 세우고

사잣밥이나 지어라 한다

검은등뻐꾸기 우는 밤엔

동대 물소리도 따라 울부짖는 지프니

두배째 알을 품은 제비도 잠든 밤

이제 귀신들만 웅크린 지프니의 밤이 깊다

초강에 지프니가 있다

갓 스물 넘은 물정 모르는 아가씨가 사범학교 졸업하고
처음 발령받아 학생들 데리고 강에 나가 멱 감으라고 풀
어놓고 돌아와
교장 선생님께 호되게 꾸중 듣고 울먹인 게 이 강물 옆 학
교의 내력이다

도대체 정신이 있는 겁니까
그러다 아이들 잘못되면 김선생이 책임질 겁니까
눈물 흠뻑 젖은 화단 샐비어꽃 속
저희 선생님 운다고 유리창 앞에 머리 내민 건
고개 숙인 해바라기들이다

주머니에서 꺼낸 중태기 징거미 꾹저구 차가사리 들
숙직실 양동이에 담아놓고
선생님 울지 마요
운동장으로 달려나간 땟국 전 물까마귀들이다
그날, 숙직실에선 매운탕에 술판이 벌어졌단다

스물셋에 중매로 만난 남자랑 결혼해서 서울 살다가

아들딸 다 살 만해서 한 오십년 만에 돌아와본 곳
첫 직장이자 마지막 직장이던 곳이라
꼭 한번 와보고 싶었단다
아는 사람 하나라도 있겠지 싶어 왔지만
하나도 없더란다

이제는 못 와보겠지요
심천초등학교 앞 지프니 깊은 소에 놀던 새끼 물고기들
모두 합수되어 큰 강물 따라 떠내려간 게
지프니의 내력이다
샐비어 꽃밭에 떨구고 간 어린 선생님의 눈물까지

당재 넘으며

큰길에서도 멀고
인가에서도 머니
개를 버리기 좋은 곳
이쪽은 영동 심천면
저쪽은 옥천 동이면
사람도 잘 다니지 않으니
죄를 버리기 좋은 곳

털이 뭉친, 다리가 부러져 디룽거리는, 목줄이 파고든, 한
쪽 눈이 없는
들개들이 무리 지어 사는 곳

어쩌다 차가 지날 때마다
나 좀 데려가줘
여기서 이렇게 죽기는 싫다고
머룻빛 눈망울들이 따라붙는 곳
기다리다 기다리다
이젠 악만 남아서
아무나 보이기만 하면

잡아먹을 듯 짖으며 살기를 띠고 이빨을 드러내는 곳

천씨 성 가진 여자가
넝쿨손으로 발목 잡는
엄마 빨리 와 엄마 빨리 와야 해,를 떼놓으며
소장수 사내와 첫 기차를 타러 간 곳
사람에게서도 멀고
안개만 자욱하니
죄를 버리기 좋은 곳

살구나무 당나귀

사실 살구나무라고 이렇게 허물어져가는 블록담 아래
고삐 매어 있는 게 좋은 건 아니었다
푸르르릉 콧물 튀기며 사방 흙먼지 일구며 달려나가고 싶
었지만
처마 밑까지 수북한 폐지나 마대자루 안의 유리병과 헌
옷가지
바퀴가 펑크 난 리어카와 시래기 타래를 비집고 나오는
그 얼굴을 보면 차마 못 할 짓이었다

사실 살구나무도 조팝꽃 한 가지 머리에 꽂고
갈기와 꼬리털을 땋고 그 끝마다 작은 방울을 단
반바지 입은 당나귀들이 부럽지 않은 건 아니었지만
아침마다 앓는 소리와 기침 소리를 듣는 게 신물 나기도
했지만
작년에 돌아가신 할아버지를 생각하면 그럴 수도 없는 노
릇이었다

이렇게 빨랫줄에 둥치 패어가며 묶여 있지만
벼르고 벼르던 그 당나귀처럼

누런 달을 허공에 까마득히 뒷발로 차올리고
푸르르 푸르르 이빨 드러내고 웃어버리고 싶었으나
그냥 얌전히 묶인 채 늙어가며
듬성듬성 털 빠지고 몽땅한 꼬리나 휘휘 저으며
늙은 주인의 하소연이나 들어주는 개살구나무로 주저앉아
해마다 누런 살구나 짜개지게 맺을 뿐이었다

흐물흐물한 과육을 쪼개 우물거리다
퉤, 씨를 뱉는 우묵한 입이나 보며
빨랫줄이나 팽팽히 당겨주는 것이다
이래두 살구 저래두 살구지만
늙은이가 아직도 사는 건
이 집이 올해도 이렇게 꽃으로 뒤발을 하고 서 있는 건
늙은 당나귀 살구나무가
힘껏 이 집 담벼락을 지탱하고 있기 때문이다

물방아 도는 내력

두부 콩나물에서 솥단지 소쿠리 다라이까지
막걸리에서 돌절구에 마늘에 대파까지
갈치 고등어 오징어에서 사과랑 귤까지
떠나간 아내와 아이들까지
어떻게 한 차에 다 실었는지
허 참, 재주도 좋다 용하다
어찌 저 작은 차에 그 많은 걸 다 실었을까나

구부러진 노송 사이
꼭 민화 병풍 속의 사슴이
목 축이는 데 같은 꼬불꼬불한 길로
삐뚤빼뚤하게 써 붙인 이동식 백화점이
IMF로 몽땅 다 들어먹고 내려온
성은 이가요 이름은 동식인 이동식이
벼슬도 싫다마는 명예도 싫어 따라 부르며
주현미 김준규 쌍쌍파티 가락으로
구부러진 능선을 고무줄 뛰듯 하는 가락 속으로
숨바꼭질하는 달 속으로

백시물니개인지 백쉬흔시개인지

저도 개수를 잘 모르는 물건들을 신고

정든 땅 언덕 위를

이동식이

이동식 백화점이

황간역

추울렁
금계국이 노오란 물결을 이루며 쏟아져 흘러가는 선로 위

흠뻑 젖은 기차가
구불텅구불텅 힘겹게
추풍령 넘어와
몸을 열어 사람들을 뱉어내고는
부드드드
노랑을 털어냅니다

카메라를 목에 걸거나
기타를 메거나 한 사람들이
금계국 꽃밭에 휩쓸려
어디로 다 흘러가버렸는지
기차는 다시 한숨을 몰아쉬고

추울렁
금계국 노란 선로 위로
한껏 달립니다

묵은점 목화실 노근리
상가리 중가리 하가리

역장은 노루발에 편자를 박겠다고 불을 피우는 중이고
놀란 노루는 천리만리 달아나
오봉 꼭대기에서 웁니다

지프니 봄밤에

호랑지빠귀 우는 밤이다
송홧가루 묻어나는 달도 떴다

이런 밤 같은 시 한편 쓰면
먹어도 다 살로 가고 아픈 데도 하나 없겠다
묵은 체기도 쑥 내려가고
죽는대도 슬프지 않겠다

방바닥이며 탁자에도 누런 게 묻어난다
심지도 않은 오동나무가 저절로 자라나더니
마당 한켠에 그늘을 드리웠다
생각지도 않았던 일들이 꿈엔 많이 보이고
일면식도 없는 이들이 우세두세 일어선다

저녁까지 자고 일어났더니
마루 위에 무슨 새인지 똥을 누고 갔다
자잘한 씨가 배긴 걸 보니 오디가 익었겠다

엽서의 그림은 녹색 얼굴의 바이올리니스트

수리가 필요한 시들과
아직 꽃 피지 못한 나무들
길이 잘 든 물과
퍼내도 퍼내도 마르지 않을 개구리 울음들뿐

새마을떡방앗간

늙어 꼬부라는 졌지만 아직도 정정한 늙은이와
풍 맞아 한쪽이 어줍은 안주인과
대처 공장에 나갔다가
한쪽 손을 프레스기에 바치고 돌아온 아들과
젊어 혼자 된 환갑 가까운 큰딸이
붉은 페인트로 새마을이라 써놓은
무럭무럭 훈김이 나는 미닫이문 안에서
톱니바퀴처럼 맞물려 돌아가며
뽀얀 절편을 뽑아내고 있습니다

인연

팔랑이는 이파리 사이
녹듯빛 꽃 피운 대추나무

대추꽃이 피었다 지듯
오는 줄 모르게 왔다가
가는 줄 모르게 가버리는 것들은
저 대춧잎에 부서지는 햇살 같기도 하고
그 햇살 자잘히 부수는 바람 같은 그런 것

알 굵은 대추를 따서
호주머니 불룩하게 넣고
하나씩 발라 먹으며
다시 여기로 돌아오듯

그래 그때 거기에서
대추꽃같이
그렇게 아무도 모르게
이파리 사이에 숨어서

제 4 부

누구여

여름 저녁에 나와 앉아서
들깨처럼 흩뿌려진 별을 보기도 하고
이제 마악 꽃잎을 여는 분꽃을 보기도 하는 때
기웃이 분꽃을 들여다보며
별자리마다 웅크린 이들까지도 들여다보면서
어릴 적 읽은 이야기책에서
꽃이 되고 별이 된 이들의 내력을 기억해내고는
꽃 속으로 주둥이 들이미는 박각시까지 반갑기도 합니다
붉은 다라이 속에 꽉 차게 들어앉은 달을
처마 물받이 쪽으로 옮기기도 하면서
이 많은 이들 다 누구인지
그 이야기들을 믿던 마음까지도 돌아와
도라지 꽃망울이나 투욱 터트리며
그 앞에 쪼그려 앉기도 합니다

누구여?
그 속에 들어앉은 이 누구시냐고 묻기도 하면서

내가 처음 본 아름다움

쇠뿔에 고삐 감아 산에다 풀어놓고 나는 골짜기 돌이나 뒤지며 가재나 잡던 것이었는데요 그때쯤이면 앞뒷산 능선들이 앞서거니 뒤서거니 옴팡골 밖으로 풀어져나가는 것이었는데요 워낭 소리가 희미해지다가 드디어 가뭇없어지는데쯤에서 나는 소를 찾아 나서는 것인데요 잡았던 가재 도로 물에다 풀어놓고 주근깨 송송 박힌 산나리꽃을 쥐어뜯으며 네미 네미 소를 불렀던 것인데요 어둑발 내리는 산골짜기를 허위허위 오르노라니 소는 어디로 갔는지 당최 코빼기도 볼 수 없던 것인데요 희미하니 들리는 워낭 소리를 따라 껑충한 원추리꽃 분지르며 넘어갔을 적엔 픽이나 커다란 산초나무를 만났던 것인데요 웬 놈의 호랑나비떼가 산초나무에 그리 빼곡하니 앉았는지 더러는 훨훨 날아다니는 놈도 있고 더러는 앉아서 교접하기도 하며 산초나무가 이룬 한세상 꽃밭에다 죄다 입을 박고 꿀을 빠는 것인데 하 그런 장관이 없어서요 나는 소를 찾을 걱정도 다 잊어버리고 신령한 뭔가를 보듯 황홀하게 산초나무를 우러르며 주저앉았던 거였는데요

소와 나

지그시 눈 감은 소가 되새김질하다 말고 나를 볼 때
너풀거리는 비닐을 헤집으며 달이 축사를 비집고 들여다
보는 때
소 둥근 입을 비집고 게침도 버글버글 나오는 때
왕겨 같은 꺼끌꺼끌한 별들이 쏟아져 구유에 빠질 때
백열등에 뭔가 날아와 탁탁 날개 부딪치는 소리 들리는 때
하루살이 등에 쌀매미 보리매미 풍뎅이 사슴벌레 각다귀
무슨 무슨 크고 작은 나방들 다 모여드는 때
내 눈과 소의 그 크낙한 눈에 박꽃이 배길 때
칡넝쿨이거나 호박넝쿨 같은 것이 마구 엉겨 붙으며
나와 소를 한데 엮어서 휘감고는
내 한숨과 소의 한숨이 여름 저녁을 덥히는 때
내 눈동자에 배긴 소는 평안하고
소 눈동자에 배긴 나는 모처럼 마음이 둥글어져서
박각시 나방 날아드는 박꽃을 오므리기도 하고
어릴 적 소와 같이 간 데를 하나하나 더듬어보기도 하는
때에
옴팡골 솔수평 우무실 먹뱅이를 더듬어보는 때에
중천에 높이 뜬 달이

그림자를 하나하나 둥글게 모으는 때

소는 소로

나는 나로 돌아와

우려내야

머위나 고들빼기 씀바귀는
그냥 먹으려면 너무 써서 못 먹지
쓴맛이 아주 다 빠지지는 않게 우려내야 먹지
쌉싸름하니 남아서
입맛이 없어 겨우내 까부라졌던 사람을
거뜬히 밥 한그릇 뚝딱 먹여 들로 내보내고
그 아내는 나물 치댄 이남박에 밥 비벼 먹고
뒤를 따라가게 하지 않는가

봄밤도 맞춤하게 우려내야 앵두며 살구꽃은 피고
짝 찾는 새들은 갓밝이에 울며 날고
풀들은 연두로 불쑥불쑥 돋아나지 않는가
새벽은 우러나서 노랑나비 흰나비 쌍쌍 나는 대낮을 만
들고
대낮은 또 우러나서 조팝꽃 으깨지는 밤은 오고
보름달은 우러나서 물 가둔 논마다 월인천강지곡을 부
르고
달빛은 번번하게 우러나서 찰럼하게
논둑에 넘실대지 않는가

소쩍새 울음소린 또 우러나서
온 산에 두견화를 피우고
나는 또 우러나서 이제 쉰이 넘고
쉰두해 맞는 봄에 머위나물 얹어 밥 먹으며
이제 누름돌처럼 처억 세월을 얹어두고
쓴맛이나 더 우려내야 할랑가벼

밑이 위로 갔던 때

할머니 따라 소쿠리 쓰고
텃밭에 갔을 때
똥 마려워
밭고랑에 땅 파고 똥 눌 때
괭이밥이며 개밥두더지
노린재 노락각시 불개미 새끼지네 들이
다 내 밑을 봤다고 중뿔나게 소문을 내고 다녔을 거고
똥이 시커멓더라고 동네방네 떠들고 다녔을 거고
칡넝쿨 번지듯 삼동네에 다 소문은 났을 거고

똥 위에 소문처럼
쇠파리 똥파리 금파리 초파리 말파리 파리란 파리는 다
날아들었을 거고
할머니가 뽕잎 따다 밑 닦아주었을 거고
밑이 위로 가게 하고
바라본 할머니가
달이산만큼이나 크기도 했을 거고
똥 위에 하얗게 배긴 오디 씨앗들의
훌륭한 매개였던 내 몸이 기특해서

똥도 이쁘게 싸놓았네 내 새끼, 하셨을 거고
밭둑의 뽕나무도 이파리 뒤채며 아유 내 새끼들, 했을 것
인데

오늘 어린 딸의 밑을 닦아주며
밑이 위로 갔던 세상을 생각해보고
참외씨 배긴 똥이 예쁘다는 생각도 해보고
참외씨와 오디씨가
낄낄대며 깔깔대며
우리랑 어떻게 어울려 살았는지 생각도 해보네

잊어버리고

잊어버리고 있어야지
자꾸 가서 디다보면
더 안 나오는 거여
자꾸 디다보면
못 나오는 거여
사람 독만큼 미서운 게 또 있으까
사람 독에 쐬어 못 나오는 거여
뭐 심었다 생각두 말구
그냥 냅두고 잊어버리는 거여
그 전에는 논일해야지 밭일해야지
그거 생각할 겨를이 어디 있어
할 일 없으니께 자꾸 가서 디다보구 파보구 하니
뿌렝이가 썩는겨
잊어먹구 있으믄
보리가 익을 때
뻐꾸기 소리 알아듣구 토란 순이 나오는겨

덕석이나 입히면서

달이산은 똑 늙은 소거치 입 쑥 내밀고 콧구멍 발씸발씸 콧김도 뿜으며 되새김질도 하다가 그대로 푹 주저앉아 지그시 눈을 감고 잠이 들었나봅니다 날도 차암 추워 새 한마리 얼씬도 않고 다 제 집구석에서 화투짝이나 맞추든가 아니면 이도 저도 다 심심해 거멓게 탄 장판에 허리나 지지며 이불 뒤집어쓰고 무수나 삐져 먹는지도 모르겠고 한 두서너 놈은 돌땅이나 놓아 중태기며 한잠 든 개구리나 잡아내어 짚검불에 불 놓아 구워 먹을 궁리를 하는지도 모르겠는데요 밖을 내다보던 늙은네 하나 마당에 나와 온 산에 덕석이나 해 입히는 함박눈을 헌솜 타 이불 시쳐 딸내미 여우는 홀에미 심사로 바라보는 참에 이 추운 날 세상천지 다 덮는 덕석 속에서 모두 모두 푸욱 잘도 주무시겠습니다

송홧가루 날리는

이렇게 풀썩풀썩 송홧가루 날리는 날은
누렇게 송홧가루 날리는 거나 보면서
기차 타고 밥벌이 가는 날은
송홧가루 뜬 논물에
노는 개구리 놈 등허리에 묻은 개구리밥 같은 거나
생각해보면 좋지
고놈 갓 꼬리 떨어진 놈이라
아직 자맥질도 설어서
흙내 맡은 벼 포기를 타고 앉아
개구리밥 떼내려고
앞뒷발 바둥거리는 거 생각해보면 우습지
그 와중에도 먹고살 거라고
야짓잖게 혓바닥 내밀어
실잠자리나 잡겠다고 덤비는 꼬락서니라니

아나 쑥떡이래라
퐁당, 논물에 빠져 허우적대면서
송홧가루 묻은 뻐꾸기 놈 흉이라도 볼까
개구리밥이나 떼고

하루살이나 잡아라

야묘도추(野猫盜雛)[*]

아이고 저놈의 괭이 새끼가
그예 일 저질렀네 일 저질렀어
며칠을 얼씬대던 것이 께름하더니
기어코 이 사달이 났고나
호랭이 배싹 물어 갈 놈
아직 솜털도 안 가신 햇병아리를
한 아가리에 물고 가네
아이고 이 냥반아
어여 저녀러 괭이 새끼 좀 잡아봐
느러터져설랑

사나란 것이
아이고 복장 터져
탕건은 벗겨지고 자리틀은 나동그라지고
애지중지한 병아리를
자알한다 아주 자알해
서방인지 남방인지
달구새끼 같으면 내다 팔기라두 하지
좀 키워 장에 팔아 가용에라도 보탤랬더니

94

밤일을 하나 낮일을 하나
저런 인사를 서방이라고
국 따로 밥 따로 끓여 먹였으니
내가 미친년이지 미친년이여

쯧쯧
시절은 매화남게 발그레 매화꽃 한두점 버는 봄이것다

* 김득신 「야묘도추」, 종이에 수묵담채.

우렁이 지나간 더운 논물에[*]

목월의 시던가
박용래의 시에선가 본
우렁이 지나간 더운 논물에,라는 구절을
빌려다 시를 지어 보냈더니 출처를 물어왔습니다
하도 오래전에 본 구절이라 가물가물하여
도서관을 가서 뒤져봐도
인터넷에 검색을 해봐도
우렁이 지나간 더운 논물은 찾을 수가 없었습니다

물꼬를 타놓아 논귓물 우는 논두렁길 아래
마악 써레질해놓은 논에
곱게 가라앉은 산 능선을 타고
우렁이 지나간 미지근한 논물은 찾을 수가 없었습니다
책이 오래되어 절판된 까닭이기도 하고
모춤 들고 못줄 넘기며
맨발로 논바닥을 밟아본 이들이
이젠 드물어진 까닭이기도 하지요

이 구절은 논에 둥둥 걷어붙이고 들어가

모를 심어본 이들이나 아는 것이지요
거머리 뜯긴 종아리를 아무렇지도 않게
쓰윽 논흙으로 닦아내본 이들이나 아는 것이지요
꿈틀하니 밟히던 미꾸라지를 잡아본 이들이나 아는 것이
지요

* 박목월 「사행시 한수」.

소나기 지나가시고

그렇지
마음도 이럴 때가 있어야 하는 거라
소나기 한줄금 지나가시고
삽 한자루 둘러메고 물꼬 보러 나가듯이
백로 듬성듬성 앉은 논에 나가 물꼬 트듯이
요렇게 툭 터놓을 때가 있어야 하는 거라
물꼬를 타놓아 개구리밥 섞여 흐르는 논물같이
아랫배미로 흘러야지
속에 켜켜이 쟁이고 살다보면
자꾸 벌레나 끼고 썩기나 하지
툭 타놓아서 보기 좋고 물소리도 듣기 좋게
윗배미 지나 아랫배미로
논물이 흘러 내려가듯이
요렇게 툭 타놓을 때도 있어야 하는 거라

우리 집 담벼락 아래 돋은 가죽나무는

아직 엇송아지마냥 키만 껑충하다 이파리도 성근 것이 철부지라 잔바람에도 어쩔 줄 모르고 처음 바깥 구경 하는 천방지축이다 불그죽죽한 이파리나 나부끼며 날뛰는 걸 겨우 붙들어다 빨랫줄 매어두었더니 이내 줄을 끊고 뛰쳐나가 이불이며 옷가지며 흙더버기를 만들어놓고 멀리 달아나 남의 밭에나 들어가 일만 저지른다 겨우 붙들어다가 주저앉혀 나무로 있으라 두었더니 제법 의젓하니 앉아서 제 어미 흉내 내어 귀도 쫑긋대고 되새김질도 하면서 지그시 눈을 감고 자는데 지지난 해 옆집 어미나무가 담장 하나를 사이에 두고 이쪽으로 순을 내밀어 보내주신 이 어린것을 잔바람에도 달싹대는 저 철부지를 어쩐다 코라도 꿰어 붙들어 매놔야겠으니 날뛰지 않게 단단히 좀 붙들어봐라

99

공
우
탑

나 어릴 적
우리 집엔 소 한마리 있었습니다
중학교 졸업하고 공장에 간 누나가 모은 돈으로 사준
소 한마리 있었습니다
소는 지푸라기 초가지붕 외양간에 살고
우리는 토담 슬레이트 지붕 아래서 살았습니다
송아지 때부터 내 손이 타서
강아지처럼 나를 따르던 소였습니다
소를 몰고 다니며 풀을 뜯겼고
소는 내가 학교에서 언제나 오나 목을 뽑고 기다리다
멀리서도 나를 알아보고 코뚜레 꿴 코가 찢어지도록
내 쪽으로 고삐를 바싹 당기며 반가워했습니다
우리 소는 순해서 일 부리기 좋다고
이 집 저 집에서 서로 빌려 가려고 줄을 섰고
오박골 비탈밭이며
거뭉가니 고논을 아부지는 소로 갈았습니다
우리 집에서 비싼 황송아지만 내리 낳아주어
누나 시집을 보내고
우리 형제가 학교에 다닐 수 있게 해주었습니다

옛사람들은

수고한 소를 위해 돌로 공우탑을 세웠으나

나는 돈도 없고

다른 재주도 없어

문자로나마 이렇게 탑을 세웁니다

둥둥 걷어붙이고

둥둥 걷어붙이고
아부지 논 가운데로 비료를 뿌리며 들어가시네
물 댄 논에 어룽거리는
찔레꽃 무더기 속으로
아부지 쏴아 쏴르르 비료를 흩으며 들어가시네
소금쟁이 앞서가며 둥그러미를 그리는
고드래미논 가운데로 아부지
찔레꽃잎 뜬 논 가운데
한가마니 쏟아진 별
거기서 자꾸 충그리고 해찰하지 말고
땅개비 개구리 고만 잡고
어여 둥둥 걷어붙이고
들어오라고 아부지 부르시네

여름 해는 얼마나 긴가

여름 해는 뜨겁고 길다지만
우리 소 배 속보다는 훨씬 작아

쇠풀 뜯기러 갈 때마다 엄마는
해가 저만치 달이산 넘어가면 집에 오랬는데

해는 져서 어두워졌는데도
우리 소는 아직 풀을 뜯어

내 마음속 지리부도

이정현

주여, 당신은 사람들 가운데로 나를 부르셨습니다. 자,
내가 여기 있나이다. 나는 괴로워하고 사랑하나이다. 나
는 당신이 주신 목소리로 말했고, 당신이 우리 어머니, 아
버지에게 가르쳐주시고 또 그들이 내게 전해주신 말로 글
을 썼습니다. 나는 지금 장난꾸러기들의 조롱을 받으며
고개를 숙이는, 무거운 짐을 진 당나귀처럼 길을 가고 있
습니다. 당신이 원하시는 때에, 당신이 원하시는 곳으로
나는 가겠나이다.

삼종(三鐘)의 종소리가 웁니다.

— 프랑시스 잠

첫째날 읽기: 흰빛, 백지, 새떼, 장대 소년

"눈을 떴다 감았다/감았다가 다시"(「툭」, 『거기 그런 사람이 살았다고』, 걷는사람 2018) 뜨니 비로소 '그것'이 보인다. 그것, 하얗다. "팽팽히 부풀어 오르"(같은 시)는 '흰빛' 때문인가. 세상에 던져진 시집의 '첫'은 이토록 막막하다. "희미해지 다가 드디어 가뭇없어지는 데쯤"(「내가 처음 본 아름다움」)에 서 눈을 감을 수밖에. 이상하다. 감았는데도 눈앞이 하얗다. 흰빛에 눈이 먼 탓인가. 다시 뜬다. 여전히 흰빛으로 팽팽하 다. "모르는 돌과 꽃에서 뽑아낸 안료를 색색으로 펼쳐놓고" 백지를 응시 중인데 불현듯 "처음 보는 새 한마리"(「원근법 배우는 시간」) 백지를 찢고 날아간다. 허공을 사는 새는 기이 하다. "한마리 한마리가 포개지고 겹쳐"지는데 "정신을 차릴 수 없을 만큼 많은 새떼"(같은 시)가 백지 밖으로 날아간다.

장대를 든 아이가 담장을 긁으며 걸어가요
또다른 아이도 집을 뒤져 장대를 찾아 들고 따라가요
장대 끝을 둥글게 휘어 거미줄 잔뜩 걸어 붙이고요
까치발 하고 몸을 길게 늘였어요

오늘 하늘은
푸르기만 해서요
구름 한점 없어요

매미 소리만 우렁차게 들려요
우리 할머니가 그러는데요
이렇게 기다란 장대를 높이 들고 가면
장대 끝에 우리를 데려갈 새가 날아와 앉는대요

장대를 높이 든 아이들을
키 작은 아이들이 따라가요
미루나무 길을 따라
마을 밖으로
도랑을 따라 강이 보이는 데까지
　　　　　　　　　　　　—「장대 들고 따라와」 전문

　한 소년이 보인다. 장대를 들고 "담장을 긁으며 걸어가"
는 소년 곁에 다른 소년들도 보인다. 소년은 까치발 소년이
다. "까치발 하고 몸을 길게 늘"여 장대를 높이 들면 "우리
를 데려갈 새"가 날아와 장대 끝에 앉는다던데, 소년들은 안
다. 장대를 아무리 높이 들어도 새는 오지 않을 것이다. 하지
만 "우리 할머니가 그러는데요/이렇게 기다란 장대를 높이
들고 가면/장대 끝에 우리를 데려갈 새가 날아와 앉는"다는
데, 정말 그런가요. 할머니의 말을 믿어볼까요. 에이, 할머니
는 거짓말쟁이. "미루나무 길을 따라/마을 밖으로/도랑을
따라 강이 보이는 데까지" 빈 장대를 든 아이들이 새 따위는
잊었다는 듯, "모두 북 치고 소고 들고 상모 돌리며"(「나의 월

인천강지곡」) 행진 행진. "자, 이제 브레멘으로 가자/가서 음악대 단원이 되자/(…)/다 브레멘으로/브레멘으로"(「브레멘으로」, 『자라는 돌』, 창비 2011). 오늘은 *여기까지! 탁*, "*대문이 닫히는 소리*"(「원근법 배우는 시간」). *첫째날 이야기 끝.*

　둘째날 읽기: 행상집거리, 봇도랑물, 소나무 껍질 배, 소년들

　"가죽나무 끝에 검은 새 한마리 머릴 곧추세우고 우네요 가죽나무 붉은 물은 철철 흐르고 나는 자꾸 어디로 가네요"(「가죽나무가 있던 집」, 『자라는 돌』). 소년들, 장대를 버렸는데 어딘가에서 낮은 신음 소리가 흘러나오네요. 새는 오지 않을 거야, "무슨 일이 있어도 뒤를 보지 마라 방울 소리를 따라 해찰하지 말고 어여 어여 너 갈 데로 가거라"(같은 시). 할머니는 "고개를 갸웃대며" "이으으으응 모르겠네", "할머니를 빼닮았다는 나도/고개를 갸웃대며" "이으으으응 모르겠네"(「이으으으응」, 『자라는 돌』). 에이, 할머니는 거짓말쟁이. 하지만 알 것도 같다. *우린 아직 언어를 가지지 않았지.* 방울 소리, 그리고 행진하는 소년들.

　아이들은 학교 갈 때 배 하나씩을 가지고 갔습니다 독새풀 욱은 논을 갈아엎고 모를 낼 즈음엔 봇도랑물이 학

교 가는 길 행상집거리 너른 들을 굼실굼실 적시며 흘렀
습니다 우리는 책가방 속에 숨겨놓은 소나무 껍질 배에
이름을 써서 띄우며 학교까지 어느 배가 더 빨리 가나 내
기를 했습니다 (…) 배가 학교에 닿을 즈음 교문을 지나친
물은 우리들 이름이 적힌 배를 데리고 오백거리 가린여울
쪽으로 흘러가곤 했습니다 그때 우리가 띄워 보낸 배들은 다
어디로 갔을까요 우리 속에서 찰랑대던 그 물결은 말라서
다 어디로 갔을까요
　　──「가린여울 사시는 유병욱 선생님께」부분(강조는 인용자)

"행상집거리 너른 들"이 봇도랑물로 찰럼거리고, 어디로
가려는지 "소나무 껍질 배"에 올라탄 소년들. 소년들은 "오
백거리 가린여울" 너머가 궁금하고, 흘러 흘러 어디로 가
나, 금강으로 가지요. "구름 위 쇠물재 가릅재"(「못골 살 때」)
에 올라 강줄기를 바라보는 소년들. "물살 물굽이 물비늘 소
용돌이까지 다 거느리고/참개구리며 물방개며 밀뱀 장구애
비까지 거느린 봇도랑물 데리고"(「나의 월인천강지곡」) "어디
어디 가자"(「먼 꽃밭」,『자라는 돌』), "어디로 가는지도 모르"
(「칸나꽃 핀 길을」)면서 "어디 어디로 가면 누구를 만날 거라
고"(「아무 날 아무 때 아무 시」,『자라는 돌』) 어딘가로 흘러가는
소년들. "문자로 옮길 수 없는 말"(「이으으으웅」)에 실려 흘러
흘러 어딘가로 가는 소년들.

(그렇게 소나무 껍질 배가 길러내고 행상집거리 봇도랑물이 키운 소년들은 몸이 자라고 마음이 자라 어른이 되었답니다. 어른이 된 소년이 행상집거리와 가린여울과 그네들이 거느렸던 수많은 작은 도랑들을 떠올리며 남긴 시가 「모교방문」이지요. "측백나무 울타리 뚫고 플라타너스 그늘을 지나/들기름 먹인 복도를 걸어/드르륵 문을 열고/교실 한쪽에 놓인 풍금을 힐끗 보고/가린여울 사시는 유병욱 선생님께/ㄱㄴㄷ을 다시 배워야 하지//우리가 저기 먼지 앉은 자그마한 걸상에 앉아서/작은 입을 벌리며 처음 노래와 글을 배우던/그토록 작았던/얕은 물에 놀던 어린 물고기 같았던 때처럼/아직 강이란 이름도 못 얻은/작은 도랑이었던 때처럼". 그때 소년들이 봇도랑물에 띄워 보낸 배들이 훼손되지 않아 다행입니다.) *오늘은 여기까지! 탁*, "*대문이 닫히는 소리*". *둘째날 이야기 끝.*

셋째날 읽기: 제비, 지프니, 하이데거, 시

까마득한 시간들을 보내고, 지난밤 돌아온 "새들이 퍼덕이며 날아오르는 소리를/들은 것도 같습니다//왜 그런 생각이 드는지 모릅니다/(꿈을 꾼 걸까요) 왜 그 새떼가 지금도 내 주변을 맴돈다고 생각하는지 모릅니다"(「원근법 배우는 시간」, 괄호는 인용자). 꿈속에서 새떼들이 모음 자음 입에 물고

지지배배 "지지고 볶고 놀았"(「소나기 지나간 여름날」)겠지요. "우리가 온밤 내 찾아 헤맨 곳이 여기"(「물 가둔 논」, 『거기 그런 사람이 살았다고』)라고, 그렇다고. "그렁그렁한 눈이 먼 데를 더듬"(「켄터키 옛집에―못골 21」, 『자라는 돌』)네요. 무장무장 세월이 얼마나 흐른 건지, 이젠 말해도 되겠지요. 장대 대신 시집을! 그래요, 하지만 높이 들면 팔이 아프잖아요. 우린 이제 많이 늙었고, 충분히 나이 들었어요. 장대처럼 자란 소년 곁에 시집이 놓입니다. 보세요. 시집은 어른이 된 소년의 장대입니다. '지프니'*에서 날아온 제비가 시집 모서리에 둥지를 짓네요. 지프니제비를 따라가볼까요. "자연은 시인들을 길러준다"(마르틴 하이데거 『횔덜린 시의 해명』, 신상희 옮김, 아카넷 2009, 100면). 하이데거가 지프니제비에 빙의라도 한 건가요. 조금 웃프네요. 하지만 뭐, "제비는 식구 늘려서 돌아온다"(「지프니에서」)던데 식구 대신 시를 물고 온 제비 주둥이를 털어볼까요. 아, 저기 아래 보이네요. 시인의 유년이군요. 그럼 조심스럽게 '첫걸음마'를 떼어볼까요. 오늘은 여기까지! 탁, "대문이 닫히는 소리". 셋째날 이야기 끝.

그러니까 제가 아무것도 아니었던 진달래 꽃술 흔들다 꽃잎 떨구는 바람이나 잠든 물고기 지나치며 비늘이나 문

---

* '지프니'는 '지프내'로도 불리는데 현재 지명은 '심천'이다. 2018년 늦가을 무렵, 송진권 시인을 만나 처음 찾은 곳이 심천이다. 이름처럼 심천에는 '깊은 내' 초강이 있다.

대다 지느러미 흔드는 물결 같은 거였을 적에요 여기 사람
은 아닌가본데 처음 듣는 말로 누가 자꾸 밖에서 부릅디다 나
야 노상 방 안에서만 뒹굴다 가끔 성질이 나면 패악이나
부리다 시악을 쓰며 울기밖에 더 했던가요 다들 들에 나
갔는지 조용한데 마악 잠에서 깬 내가 뭔지 모를 어룽거
림이 천장에 얼비치는 걸 보며 발을 들까부를 적에 또 누
가 불러요 그 목소리 참 그윽하고 향기로워서 문을 밀치
며 밖으로 나왔을 적엔 아무도 없고 목소리의 주인은 아
지랑이 속으로 너울너울 가버린 성싶었지요

　　　　　　　　　　　—「첫걸음마」 부분(강조는 인용자)

넷째날 읽기: 못골, 찬물구덩이

　그곳. 하나의 장소. 시인이 나고 자란 곳. 시집 속으로 호
명된 '그곳'은 (충청북도 옥천군 이원면 지탄리로 불리는)
못골인데, 시집 바깥으로 한발짝 걸어 나가면 '못골'은 세상
의 모든 동네가 된다. 마찬가지로 익명의 동네가 시라는 변
압기를 타고 시집 안으로 들어올 때 그곳은 고유한 이름 하
나를 얻는다. 세상에는 '아무'가 살고, '아무'는 특정할 수
없지만 '못골'이라는 장소 안에서 — 한발짝 걸어 들어가보
자 — '아무'는 이름을 얻는다. '송진권'이라는 이름. 어떤
이름은 '장소'와 결부될 때 자체 부력으로 생동한다. 세상에

는 그런 이름들이 드물게 존재한다. '어떤 장소'를 나는 떠올리는 중이다.

2018년 늦가을, 시인이 내 손을 이끈 그곳을 나는 아직까지 잊지 못한다. 그가 문을 똑똑 두드린다. "여기 누가 기시는가/여기 누가 기시는가"(「항아리 속 할머니」, 『거기 그런 사람이 살았다고』). 나는 눈먼 '딸례'(「딸례」, 『자라는 돌』)마냥, 붙들려 그를 따른다. 그곳. "찬물구딩이 찬물구뎅이 찬물샘 찬물샘"으로도 불리고, "찬물웅덩이 찬물웅뎅이 찬물소"(「찬물구덩이의 물」, 『거기 그런 사람이 살았다고』)로도 불리는 그곳. "붉나무 붉은 잎 늘어진 데/무당개구리 뜬 물을 거슬러서 미나리 고마리 헤집고/머윗잎 디디며 올라가"(같은 시)니 비로소 보인다. **찬물구덩이**. 물길이 닫혀 이젠 마실 수 없지만, 죽어 "혀 빼문 올뱅이"(「무른 살들」)마냥 그곳은 분명 거기에 있었다. 쪼그려 앉아 그가 가리키는 빈 구멍을 응시하며 무슨 말을 했던가. "지푸라기 엮어"(「항아리 속 할머니」) 불이라도 붙여야 하는 걸까. 물길만 열릴 수 있다면야. 눈 감으니 고요하다. 등 뒤로 은하수 통과하고, "물 흐르는 소리/노 젓는 소리/참방참방 물 건너는 소리"(「고요하다」, 『거기 그런 사람이 살았다고』) 들린다, 들려. 시인은 어떻게 저기로 갔을까. 그날 '찬물구덩이'를 찾았는데 ── 알고 보니 '문학 기행'이었구나 ── 오박골 골짝은 내게 아무런 말씀도 들려주지 않았다.

시인이 "찬물구덩이 물 길어다 먹고"(「못골 살 때」)라고 썼던 것을 기억한다. 그는 "호박잎 물들어 파란 밥 먹고 살았습니다"(같은 시)라고도 썼다. 또 "오박골 도롱골 큰골 작은골 골짝서 불던 바람이며 오백거리 강변에서 새떼나 날리던 바람이 모두 우리 정지로 들어와서 함석지붕을 떠메고 갈 듯 흔들어대는 날이면 두부를 해 먹었습니다"(「두부」)라고 후일담처럼 남겼다. 정리해보자. '못골' 사람들은 호박잎 물든 파란 밥 먹고, 찬물구덩이 물 길어다 먹고, 바람 부는 날 두부 만들어 먹고, 그 힘으로 "남의 땅 문중 땅 가릴 것 없이 얻어 부쳐 나물이나 뜯어다 팔아" 먹고, "도지 얻어 부쳐"(「후덩이네 밭 일구기」) 먹고, "도롱골 오박골 큰골 작은골/구름 위 쇠물재 가릅재로 밭매러 다니"(「못골 살 때」)고, "골짝마다 엎드려/팔밭 다랭이 일궈 먹고"(「가릅재」) 산다고 시인은 썼다.

그날 우리는 왜 '못골'에 오른 걸까. 시인을 청해 이곳 '찬물구덩이'에 오기까지 나는 무슨 상상을 했던가. 왼편으로 고개를 돌리니 '오박골'이 보인다. 오박골 너머는 '가릅재'다. 오른편 골짜기로 '도롱골' '큰골' '작은골'이 줄느런하다. 멀리 '쇠물재'도 보인다. 시인을 만나기 전 두 권의 시집을 닳도록 읽었더랬다. 나는 이미 그곳에 매료되어 있었다. '못골'의 중핵은 누가 뭐래도 '찬물구덩이'다. 나는 진심으로 그곳에 이르고 싶었다. 내가 다다른 곳. 그곳엔 무엇이 있나요. 질문을 정정하기로 한다. 그날 내가 본 '그것'을 "어떻게 다 말해야 하나"(「다시 그 저녁에 대하여」)요.

못골

'못골'은 시집 안에서 다양하게 분화한다. 하나이면서 여럿이고 여럿이지만 결국 하나인. 그것은 영원회귀 같은 것인데 시인이 무엇을 쓰든 그곳에는 '못골'이 존재하고, 봇도랑물이 흘러가며 인근 들판을 고루 적시듯 '못골'은 온통 시집을 관류한다. '못골'은 첫 시집 『자라는 돌』에서 이정표가 되었고, 장소성에 힘입어 스스로 만개한 바 있다. '못골' 연작 21편은 이후 펼쳐질 송진권 시 세계의 거의 모든 것인데, 으레 좋은 시들이 그렇듯 운율과 비유에 힘입어 세월의 무게를 견디고 살아남았다. "운율을 통해 시간이 압축되고 비유를 통해 공간이 겹쳐짐으로써 경험 세계는 시의 세계로 변형된다"(김인환 『비평의 원리』, 나남출판 1999, 106면)는 김인환의 말마따나 시인이 태어난 '못골'은 (그가 현재도 살고 있고 앞으로도 살아갈) '경험 세계'이지만 시인의 '운율'과 '비유'에 힘입어 "경험적 현실을 떠나 시 안에서만 통하는 특수한 자리를 차지한다"(같은 곳).

그에게 '못골'은 그런 곳이다. "제 유년 시절의 가장 훌륭한 부분을 고양된 감정으로 다시 사는 것은 복되다"(앙드레 브르통 『초현실주의 선언』, 황현산 옮김, 미메시스 2012, 109면). 송진권의 시작(詩作)은 "물에 빠져 죽어가면서, 1분도 안 되는 사이에, 자기 생애의 모든 순간을 억제할 수 없이 다시 떠올리는 사람의 확신과 어느 정도 닮았다." "그것은 필경 유년 시절이 (시인의) '진정한 삶'에 가장 가까이 있기 때문이다. 유년 시절을 보내고 나면, 인간이 자유롭게 사용할 수 있는 것이라곤 제 통행증에 덧붙여 몇장의 우대권밖에 없다"(같은 책 110면, 괄호는 인용자). 벤야민은 이를 가리켜 "시간이 멈춰서 정지해버린 현재"(발터 벤야민 『역사의 개념에 대하여 외』, 최성만 옮김, 길 2008, 347면)라고 말한다. 그것은 "과거와의 유일무이한 경험"이기도 한데 우리가 송진권의 시를 읽을 때 '못골'이라는 지엽(枝葉)에도 불구하고 보편 감정까지 나아갈 수 있다면 그가 우리의 "미래를 회상 속에서 가르"(같은 책 350면)치기 때문이다. 약간의 비약. 어쩌면 '못골'은, 우리가 추방한 "메시아가 들어올 수 있는 작은 문"(같은 곳)일 수도 있겠다.

　　물봉숭아 쩔어붙은 골짜기
　　두꺼비 어정시러이 기어가는 저녁
　　돌 틈서리 바위굴마다엔 가재가 살고
　　가재굴 앞 돌멩이 밑엔 꾸구리가 살고
　　쇠똥 같은 초가지붕 아래 우리들이 살았습니다
　　가지나물에 마늘쫑다리
　　고추장 풀어 지진 감자 먹고
　　우리들이 살았습니다
　　드문드문 뉘 섞이듯
　　타성바지들과 섞여 은진 송가들이 살았습니다

호박잎 물들어 파란 밥 먹고 살았습니다
찬물구덩이 물 길어다 먹고
도롱골 오박골 큰골 작은골
구름 위 쇠물재 가릅재로 밭매러 다니며
우리들이 살았습니다
가위로 싹둑싹둑 오려놓은
할아버지 발톱 할머니 손톱
밥풀 으깨 하늘에다 붙이고
도랑물 소리 마당 가득 쟁여놓고
우리들이 살았습니다

—「못골 살 때」전문

찬물구덩이

그곳은 '찬물구덩이'로 불리는데, 눈으로 보았음에도 나는 여전히 그곳의 이름을 모른다. (장소가 어떻게 텍스트 안에 갇힐 수 있겠나. 우리는 이미 알고 있지 않나. 그곳은 시가 태어난 곳, 이를테면 '시적 장소'이다. 두번째 시집에 실린 「찬물구덩이의 물」은 계열상 기형도의 「위험한 가계(家系)·1969」에 잇닿아 있다. 단정한 어투의 기형도와 달리 송진권은 타령조와 익살로 자신의 가계를 버무린다. 기형도는 시에 장소를 특정하지 않지만 송진권은 그곳이 '찬물구덩이'라고 수차례 밝힌 바 있다.) 시인 역시 여전히 '그곳'을 모르겠다는 듯 되묻는다. "뭐라 말해야 하나"(「그 저녁에 대하

116

여―못골 19」,『자라는 돌』). 옹근 11년 전 자신에게 묻던 저 물음이 수많은 물음을 경유해 다시 "뭐라 말해야 하나"(「다시 그 저녁에 대하여」)라는 같은 물음으로 되돌아올 때 내 시선은 응당 당연하다는 듯, 시인을 따라 "어슴푸레한 데"(「어슴푸레한 데」,『거기 그런 사람이 살았다고』)로 향한다. 다시, 그곳.

"저 어슴푸레한 데는 뭐가 있느냐/무엇이 살고 있느냐/어둑시니 떼가 쪼그려 앉아 있느냐/분꽃이 피냐/도둑이 웅크리고 있느냐//밝지도 않고 그렇다고 어둡지도 않고/희부윰하니 들깨 같은 별 한자루 쏟아진 데에/박각시가 사느냐/방상시가 사느냐/박각시 쫓아낸 호박벌이 있느냐/실꾸리 무릎에 끼고 앉아 감아 들이는 할머니가 사느냐"(같은 시). 오래전―11년이 흘렀구나―시인은 '못골'에 들어 '그곳'이 어딘 줄 아느냐고 우리에게 질문을 건넨 바 있다. 그곳은 "흐르기도 하고/흥건히 고이기도 하고//안 떠나기도 하고/못 떠나기도 하고//차마 못 오기도 하고/지긋지긋해서 안 오기도 하고//더러는 머윗잎으로 앉았고/더러는 해바라기로 껑충하니 서서//달이산으로 비껴 내리는/수박 속 같은 노을이나 바라보는 곳"(「심천」)인데 우리는 여태 답을 못 하고 있다. 시인은 말한다. 그렇다면 "가린여울 사시는 유병욱 선생님께/ㄱㄴㄷ을 다시 배워야 하지"(「모교 방문」).

여름 저녁에 나와 앉아서
들깨처럼 흩뿌려진 별을 보기도 하고

이제 마악 꽃잎을 여는 분꽃을 보기도 하는 때
기웃이 분꽃을 들여다보며
별자리마다 웅크린 이들까지도 들여다보면서
어릴 적 읽은 이야기책에서
꽃이 되고 별이 된 이들의 내력을 기억해내고는
꽃 속으로 주둥이 들이미는 박각시까지 반갑기도 합니다
붉은 다라이 속에 꽉 차게 들어앉은 달을
처마 물받이 쪽으로 옮기기도 하면서
이 많은 이들 다 누구인지
그 이야기들을 믿던 마음까지도 돌아와
도라지 꽃망울이나 투욱 터트리며
그 앞에 쪼그려 앉기도 합니다

누구여?
그 속에 들어앉은 이 누구시냐고 묻기도 하면서
—「누구여」 전문

 '그곳'에 분명 누군가가 있는데 시인은 '누군가'를 특정
하지 못한다. 안 하는 게 아니라 그는 못 한다. '못골'이 장
소성을 지닌다면 시인의 시 세계 안에서 '분꽃'도 장소이다.
'못골'을 보던 시인의 눈이 "꽃잎을 여는 분꽃"으로 향한다.
두번째 시집에 실린 「들여다보니」(『거기 그런 사람이 살았다
고』)는 '누구여'라고 묻는 시적 화자와 동일 인물이다. 들여

다본 끝에 세번째 시집에 이르러 '보기'를 체념한 시인이 묻는다. "누구여?" 이렇게 말할 수 있겠다. 「누구여」는 「들여다보니」의 시적 응답이다.

"'유토피아'는 (우리에게 다만 상상의) 위안을 준다. 왜냐하면 유토피아는 실재하는 장소를 갖지 못한다 해도, 고르고 경이로운 공간에서 펼쳐지기 때문이다"(미셸 푸코 『말과 사물』, 이규현 옮김, 민음사 2012, 11면 참조, 괄호는 인용자). 푸코와 달리 우리는 '현실의 장소'를 원한다. 송진권에게 '그곳'은 실재하고 ─ 시집 속 수많은 '찬물구덩이'들을 보라 ─ 실재하기에 어쩌면 '그곳'은 오랜 세월 텍스트를 전유(轉游)한 시인 자신일 수도 있겠다. 그가 '찬물구덩이'를 살 때 시인은 아직 '경험적 현실'에 머물 따름인데, 삶의 자리가 시의 자리로 이동해 '찬물구덩이'를 쓰기 시작하자 '그곳'은 특수한 자리가 된다. 생수 대신 검은 잉크가 흘러나오는 '찬물구덩이'*에 코를 디민 채 "뭔지 모를 어룽거림"(「첫걸음마」)을 찾아 탐사 중인 시인을 보라. 오늘은 여기까지! 탁, "대문이 닫히는 소리". 넷째날 이야기 끝.

---

* '찬물구덩이'는 어쩌면 시인에게 백지 아닐까.

다섯째날 읽기: 박각시, 방상시, 송진권, 정지용

　시인의 곁에 정지용의 얼굴도 보인다. 송진권이 '박각시'라면 (정지용 시인이 내 추론을 반박한다면 어쩔 수 없지만) 정지용은 '방상시'일 게다. 박각시가 '분꽃'에 몸을 파묻고 꿀을 빨 때(현실계), 방상시는 음력 섣달그믐 이승과 저승을 오가며 묵은해의 마귀와 사신을 쫓느라 분주하다(상상계). 송진권은 첫 시집 첫 시에 정지용의 시「딸레」를 불러들여 ── 이것은 상징적인데 ── 변용한 바 있다. 정지용은 자신의 고향을 구체로 그리지 않았다. 심정을 그리움에 담는다거나("산 너머 저쪽에는/누가 사나?",「산 너머 저쪽」) 그도 아니면 푸념조로 고향을 노래한 게 전부였다("고향에 고향에 돌아와도/그리던 고향은 아니러뇨",「고향」). 동향이란 특수성이 그들을 묶지만 정지용은 오래전 "산 너머 저쪽"으로 떠났고 송진권은 자신이 태어나고 자란 '오박골' '도롱골' '큰골' '작은골'에 엎드려 오늘도 시를 쓰고 있다.

　글 초입을 '그곳'에서 시작했는데 한발짝도 떼지 못한 채 ── '흰빛'에 눈먼 게지 ── 그저 그곳 언저리를 빙빙 돈 느낌이다. '못골'이 그곳인가. '찬물구덩이'는 어떤가. 나는 아직 '그곳'을 모른다. '찬물구덩이'가 분명한데 "칡넝쿨이거나 호박넝쿨 같은 것"이 내 눈에 "마구 엉겨 붙"고 그것들이 내 손과 발을 아직까지 "휘감고"(「소와 나」) 있다. "물봉숭아 비친 웅덩이에 쪼그려 앉아서 가재나 잡겠다고 돌멩이 뒤집"는 "물까마귀 같았을 적"(「오박골 골짝 물의 말씀」) 시인의 얼굴을 겨우 상상해볼 뿐. 탁, *"대문이 닫히는 소리".* *다섯째 날 이야기 끝.*

李正鉉 | 문학평론가

소 몰고 집에 돌아오던 해 질 녘
봇물엔 피라미떼가 뛰곤 했습니다
원추리며 패랭이꽃 어룽어룽 배긴 물속에선 자라가 떠오
르고
소낙비 오듯 후드득후드득 피라미떼도 뛰어오르면
자잘한 동그라미가 번지고 뭉개지며 포개져
커다란 둥그러미가 되어 출렁하니 봇둑을 스치곤 했습
니다
앞서가는 소와 송아지와 하나로 뭉뚱그려져
하나의 큰 금빛 일렁임이 되어 집에까지 왔던 것인데요
그 물결의 출렁임 같은 것을 꼭 한번
써보리라 써보리라 맹세한 적이 있습니다.

K, M, P, G에게 감사함을
사슴 선생에게 경의를
행복한 나라의 어진이와 가온에게

더듬이 긴 별이 나를 만지는 가을 초입
솔미에서 송진권

창비시선 483

원근법 배우는 시간

초판 1쇄 발행 / 2022년 10월 24일

지은이 / 송진권
펴낸이 / 강일우
책임편집 / 최수민 박문수
조판 / 박아경
펴낸곳 / (주)창비
등록 / 1986년 8월 5일 제85호
주소 / 10881 경기도 파주시 회동길 184
전화 / 031-955-3333
팩시밀리 / 영업 031-955-3399 편집 031-955-3400
홈페이지 / www.changbi.com
전자우편 / lit@changbi.com

ISBN 978-89-364-2483-1 03810